ÉDITION CLUB DU LIVRE

LES PRODUCTIONS WALT DISNEY
présentent

Dingo
et le MEUNIER

Première édition canadienne

Copyright© 1978 par Walt Disney Productions. Tous droits réservés selon les conventions internationales et pan-américaines de copyright.

Publié aux Etats-Unis par Random House Inc., New York et simultanément au Canada par Random House of Canada Limited, Toronto. Publication originale au Danemark sous le titre FEDTMULE-OG MOLLEREN DER VILLE HA'EN HEST par Gutenberghus Bladene, Copenhague.

ISBN: 0-394-84119-0   ISBN: 0-394-94119-5

Imprimé au Canada

LIVRE-LOISIRS LTÉE   MONTRÉAL
Random House   **New York**

Il était une fois un vieux meunier qui avait trois
employés.

Leurs noms étaient Dingo, Jean et Jacques.

Dingo était honnête et travailleur.

Il accomplissait presque tout le travail.

Les deux autres étaient paresseux.

Ils ne faisaient pas leur part.

Dingo transportait les
lourds sacs de grain, tandis
que Jacques et Jean jouaient
aux cartes.

Dingo balayait tandis que les
autres ne faisaient rien.

Dingo poussait et transportait tout seul les gros barils d'avoine, qui devait être moulue pour faire du gruau.

De plus, il était toujours le premier à venir lorsque le meunier appelait ses employés.

Un jour le meunier leur dit: ''Je devrai bientôt
prendre ma retraite et je voudrais donner le
moulin à chacun de vous. J'aimerais que vous
partiez dans le monde et celui que me ramènera
le plus beau cheval pourra avoir le moulin et
sera meunier lorsque je prendrai ma retraite.

Le lendemain, Jacques et Jean empruntèrent la route qui se dirigeait vers les riches fermes de la vallée.

Dingo prit le chemin de la forêt.

"Ha, Ha!" se moquèrent les deux autres. "Il
ne trouvera jamais de cheval au beau milieu de la
forêt."

Dingo marcha.

Il vit des petits oiseaux et des écureuils.

Il s'arrêta pour dire bonjour à une grosse grenouille.

Il vit des poissons s'élancer hors de l'eau.

Et il crut être un acrobate lorsqu'il traversa le ruisseau sur un tronc d'arbre.

Cette nuit-là, Dingo s'endormit sous un arbre.
La lune se leva et tous les animaux vinrent le regarder.

Lorsque Dingo s'éveilla le lendemain matin, une vieille dame se tenait près de lui.

"Que faites-vous ici?" demanda-t-elle.

"Je cherche un beau cheval pour le meunier." lui dit-il.

Au lieu de cela, pourriez-vous m'aider à ramasser du bois?" demanda la vieille dame.

"Je vous aiderai volontiers." dit Dingo.

Dingo ramassa diligemment un gros fagot de branches.

Il le transporta ensuite à la maison de la vieille dame.

''Voilà ma maison,'' dit-elle en lui montrant la direction.

Dingo porta aussi des cruches d'eau à la
maison de la vieille dame.

Il répara ensuite le toit de chaume afin que la
pluie ne puisse pénétrer.

Il fendit le bois pour la cheminée.

Il récolta les pommes…

Afin qu'elle ait des fruits frais durant tout l'hiver.

"Voilà" dit Dingo lorsqu'il eut terminé. "Vous pourrez maintenant passer un hiver confortable."

"Vous êtes très gentil." lui dit la vieille dame. "Je vais maintenant faire quelque chose pour vous. Retournez chez vous et dans trois jours je vous amènerai le plus beau cheval jamais vu."

Dingo fut étonné, mais il crut la vieille dame.

Et il se dirigea immédiatement vers le moulin.

Dingo fit des signes d'adieu à la vieille dame jusqu'à ce qu'elle fut hors de vue.

Tout en traversant la forêt, Dingo apprécia le chant
des oiseaux.

Il partagea son repas avec les gentils poissons,
tandis que la grenouille les accompagnait.

Finalement, Dingo arriva au moulin.

Jacques et Jean y étaient déjà.

Le meunier admirait les deux superbes chevaux qu'ils lui avaient donnés.

Jacques avait trouvé un cheval très grand et très fort.
''Un bon cheval de travail.'' dit le meunier.

Le cheval de Jean était mince et élancé.

"C'est un véritable cheval de course." dit le
meunier.

Il se gratta le menton.

Il ne savait vraiment pas lequel choisir.

"Où est ton cheval? Dingo" demanda le meunier.

"Il sera ici dans trois jours." dit Dingo.

"Trois jours?" dirent Jacques et Jean.

"Ton cheval marche donc tellement lentement qu'il lui faudra trois jours pour se rendre ici? Ha Ha Ha!"

"Je veux bien attendre trois jours." dit le meunier. "Maintenant, venez au moulin, il y a du travail à accomplir."

Alors encore une fois Dingo se remit au travail.

Il transporta les lourds sacs de grain et graissa les rouages du
moulin afin qu'il ne grincent pas.

Il remplissait les gros sacs tellement rapidement, qu'il y avait un nuage de farine autour de lui.

Jacques et Jean se tordaient de rire.

"Ha Ha Ha! Le cheval de Dingo doit prendre trois jours pour venir ici!"

Le matin du troisième jour on entendit le roulement d'un carosse et le son des trompettes.

Un beau carosse bleu s'arrêta devant le moulin.

Une magnifique princesse était assise à l'intérieur.

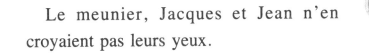

Le meunier, Jacques et Jean n'en
croyaient pas leurs yeux.

Dingo était déjà au travail et on ne le voyait
nulle part.

La princesse se pencha à la fenêtre du carosse.

Le meunier la salua en soulevant son chapeau.

"Où est votre employé?" lui dit
la princesse.

"A votre service." dirent
Jacques et Jean, en se
ployant en deux.

Mais la princesse les repoussa.

Pendant ce temps, le meunier examinait le cheval tenu par un palefrenier.

Sa crinière était soyeuse et sa robe luisante.

Le meunier admira sa bonne dentition.

''Voilà le plus beau cheval que je n'ai vu de ma vie.'' dit-il ''C'est sûrement le plus beau cheval au monde.''

Juste à ce moment, Dingo tourna le coin de la cour, en transportant un sac de farine sur son épaule.

''Le voilà, c'est lui,'' dit la princesse Et elle descendit du carosse.

Dingo était étonné.
''Qui êtes-vous?'' demanda-t-il.

''Je suis la vieille dame de la forêt.'' lui répondit-elle. ''Du moins, je l'étais.'' Votre bonté a brisé un mauvais sort. Je suis maintenant redevenue princesse et voilà le cheval que je vous ai promis.''

"Prenez-le, il vous appartient" dit-elle.

Dingo prit les rênes du cheval, se tourna vers le meunier et lui dit. "Ce cheval est à vous."

"Je n'ai jamais vu un animal aussi superbe." dit le meunier. "Si ce cheval est à moi, le moulin est à toi Dingo."

"Non, quitte le moulin et viens avec moi." dit la princesse. "Tu as été généreux et tu as travaillé fort pour une vieille dame laide. Tu n'as pas demandé de récompense. Maintenant tu pourras vivre heureux pour le reste de tes jours."

"Eh bien," dit le meunier à Jacques et Jean. "Ne restez pas là à ne rien faire, voyons lequel de vous est le meilleur travailleur. C'est à celui-là que je donnerai le moulin."

Les deux employés durent alors se mettre au travail pour la première fois.

Ils transportaient des sacs et poussaient les barils . . .

Ils graissaient les rouages.

Dingo et la princesse partirent dans le carosse vers le château qui se trouvait maintenant à l'emplacement de la petite maison dans la forêt.

Et, ensemble, il vécurent très heureux.